미당 서정주
未堂 徐廷柱
1915~2000

1915년 6월 30일 전북 고창
선운리에서 태어났다.
중앙불교전문학교(현 동국대학교)에서
공부했고, 1936년 동아일보 신춘문예에
시 「벽」이 당선된 후 『시인부락』 동인으로 활동했다.
1941년 『화사집』을 시작으로 『귀촉도』『서정주시선』
『신라초』『동천』『질마재 신화』『떠돌이의 시』
『서으로 가는 달처럼…』『학이 울고 간 날들의 시』
『안 잊히는 일들』『노래』『팔할이 바람』『산시』
『늙은 떠돌이의 시』『80소년 떠돌이의 시』 등
모두 15권의 시집을 발표했다.
1954년 예술원 창립회원이 되었고
동국대학교 교수를 지냈다.
2000년 12월 24일 향년 86세로 별세,
금관문화훈장을 받았다.

서
정
주
시
집

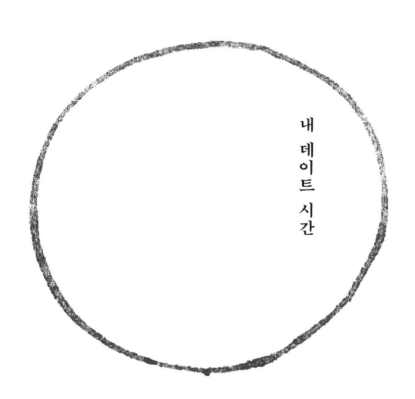

내
데
이
트
시
간

은행나무

차례

일러두기

1 이 시집은 『서정주문학전집』(일지사, 1972) 1권에 실린 '예시'와 '근작 시편'을 펴
   낸 것이다. 그동안 『미당 서정주 시전집』(민음사, 1994) 및 『미당 서정주 전집』
   (은행나무, 2015)에 '서정주문학전집' 편으로 수록돼 있던 이 55편의 시들을 처
   음 시집으로 펴내며 제목을 새로 붙였다. 제목은 『서정주육필시선』(문학사상사,
   1975), 서정주 시선집 등을 참조해 미당 서정주 전집 간행위원회에서 정했다.
2 원본 시집의 형식을 살리되, 체제 및 표기는 『미당 서정주 전집』(은행나무, 2015)
   을 따랐다.
3 시집 원주原註 외의 주들은 편집자주라고 밝혔다.

내 데이트 시간

시인의 말

 나이 쉰여덟이나 되어서 겨우 자기 문학의 전집을 가지게 된다는 것
은 별로 부지런한 꼴도 되지는 못하지만, 적당한 게으름의 덕으로 그
래도 목숨을 부지하고 문학을 해온 나 같은 사람의 마음의 걸음걸이
로는 자족해야 할 일인 성싶다.

 내가 1936년 정월 초하룻날에 동아일보 신춘현상문예의 시부에서
「벽」이란 소품으로 당선해서 문단에 발을 들여놓은 지 벌써 37년이 가
까운 동안에, 겨우 이 전집 다섯 권에 수록된 이만큼 한 것밖에는 쓰지
못했다는 것은 내 욕심에 흡족한 것은 되지 못하지만, 결국은 요만큼
밖에 안 된 것도 내 능력 그대로이니 할 수 없는 일이다.

 그러나 섭섭하다면 섭섭한 것은, 내가 다난한 환경에 덧붙여서 또
다난한 자기를 지탱해 살아 오느라고, 1936년 이래 여기저기 신문 잡
지에 발표해 온 글들을 제대로 스크랩도 다 해 오지 못한 데다가, 또
1950년의 동란 뒤 3년간의 갈피 못 차리던 유랑으로 그나마 가졌던
것들마저 적지 아니 없어져서, 내가 쓴 것의 전경을 여기 보일 수 없이
된 일이다. 제자와 후배들 가운데는 자기들이 그것들을 다시 수집해
보겠다고 원해 오는 이도 더러 있긴 하지만, 이것은 된다 하더라도 상
당한 세월을 두고 뒷날을 기다릴 밖에 없는 일이겠다.

나는 내가 뒤에 이렇게 전집을 내게 되리라 예정하고, 그 준비까지도 하고 살 만큼 팔자 편하게 산 사람이 아니어서 이렇게쯤 되었고, 또 곰곰 생각해 보면 이런 식도 한 맛이라면 맛이기도 하긴 할 것이니, 그쯤 이해 있으시길 바란다.

　끝으로, 나를 아끼어 이 전집을 만드노라고 많은 수고를 하신 일지사 김성재 사장과 이기웅 시우, 그 밖의 여러분에게 충심으로 감사의 뜻을 표한다.

1972년 10월
관악산 봉산산방에서

부처님 오신 날

— 1968년 5월

사자獅子가 업고 있는 방에서
공부하던 소년들은
연꽃이 이고 있는 방으로
1학년씩 진급하고,

불쌍한 아이야.
불쌍한 아이야.
세상에서 제일로 불쌍한 아이야.
너는 세상에서도 제일로
남을 불쌍히 여기는 아이가 되고,

돌을 울리는 물아.
물을 울리는 돌아.
너희들도 한결 더 소리를 높이고,

만 사람의 심청이를 가진
뭇 심봉사들도
바람결에 그냥 눈을 떠 보고,

텔레비여.
텔레비여.
도솔천 너머
무운천 비상비비상천 너머
아미타 불토의 사진들을 비치어 오라, 오늘은……

삼천 년 전
자는 영원을 불러 잠을 깨우고,
거기 두루 전화를 가설하고
우리 우주에 비로소
작고 큰 온갖 통로를 마련하신
석가모니 생일날에 앉아 계시나니.

조국

누군가.
한 그릇의 옛날 냉수를
조심조심 떠받들고
걸어오고 계시는 이.
한 방울도 안 엎지르고
받쳐 들고 오시는 이.

구름 머흐는 육자배기의 영원을,
세계의 가장 큰 고요 속을,
차라리 끼니도 아니 드시고
끊임없이 떠받들고 걸어오고만 계시는 이.

누군가.
이미 형상도 없는 하늘 속 텔레비로
한라산에서 백두산까지
밤낮으로 쉬임 없이 받쳐 들고 오시는 이.

누군가.
한 그릇의 옛날 냉수를

한 방울도 안 엎지르고
받쳐 들고 오시는 이.

조국아.
네 그 모양 아니었더면
내 벌써 내 마지막 피리를
길가에 팽개치고 말았으리라.

3·1아, 네 해일 그리며 살았었느니
— 3·1절 쉰 돌에

천년을 짓누르면 망하는가 했더니,
천년을 코 막으면 막히는가 했더니
무슨 힘, 무슨 꼬투리로
이 생명, 이 핏줄기 이리도 오래 살아왔느뇨.

마늘이냐, 고추냐, 쑥 잎사귀냐.
우리의 숨결 속엔 뼈다귀 속엔
무엇이 들어서 아리게 하여
죽여도 다시 살아 일어서 왔느뇨.

산 채로 입관되는 수없는 소년들,
부둥켜안은 채 소살燒殺되는 청년 남녀로
우리는 수없는 산山을 싸면서도
목숨보단 더 질기게 살아서 오고,

코에는 코뚫이, 목에 고삐 찬
장으로 끌려가는 소처럼 몰리면서도
마음과 울음으로는 너만 그려 살았었느니
3·1아, 네 폭풍, 네 해일만을 그려 살았었느니.

3·1아.
천지와 역사 속에서는 제일 맵고도 쓴
3·1아.
죽은 모든 이 나라의 망령과
아직 생기지 않은 미래 영원의 우리 자손을
두루 살린 3·1아.

3·1절 50년을 맞이하는 오늘.
3·1아, 네 힘으로 다시 산
삼천만 겨레 여기 모여 고개 숙여
백두산서 내려오신 단군 할아버지와 함께
그 죽지 않는 매움에 젖어 있도다.
젖어서 있는 것만이 가장 큰 영광이로다.

쉰세 돌 3·1절에

1919년 3·1운동에 학살된
할아버지와 아버지의 묶인 손발의 뼉다귀들
아직도 덜 삭은 채 땅에 묻히어
우리 발바닥에 감전해 올라오나니……

허리에 쇠고랑을 차고
하반신 돌이 다 되어 가는 무기수직—
우리 머리와 사지에 울리어
부르르 부르르 경련시키나니……

우리 아들들의 차단된 행군
그 녹슬은 총대에도 찌르르르 울려,
차라리 콜레라균이 되겠다는 —
콜레라균이 되어 북쪽의 제 여자와 같이 죽어서
한마음의 무덤이라도 되겠다는
청년 시인도 다 생겨나 있나니……

조국이여.

한 사람의 간디도,
한 개의 인도식 통일도 못 가지는
너무나 가난키만 한 조국이여.

하나의 쬐그만 대나무 피리—
남과 북의 반 토막씩의 합죽으로 된
서러운 외마디의 피리 소리라도 되어다오.

신라 통일 때 김유신과 김법민의 마음이 합해 되었던
저 호젓한 만파식적의 피리 소리
그 소리의 반만큼 한
아주 쬐그만 피리 소리라도 인제는 되어다오. 되어다오.

* 콜레라균 운운조—고은의 시 「휴전선 언저리에서」.

어머니
— 어머니날에

"애기야……"
해 넘어가, 길 잃은 애기를
어머니가 부르시면
머언 밤 수풀은 허리 굽혀서
앞으로 다가오며
그 가슴속 켜지는 불로
애기의 발부리를 지키고

어머니가 두 팔을 벌려
돌아온 애기를 꺼안으시면
꽃 뒤에 꽃들
별 뒤에 별들
번개 뒤에 번개들
바다에 밀물 다가오듯
그 품으로 모조리 밀려 들어오고

애기야
네가 까뮈의 「이방인」의 뫼르쏘오같이
어머니의 임종을 내버려 두고

벼락 속에 들어앉아 꿈을 꿀 때에도
네 꿈의 마지막 한 겹 홑이불은
영원과, 그리고는 어머니뿐이다.

신년 유감
— 1965년 1월 1일

'딸라' 값은 해마다 곱절씩 오르고
원화 값도 해마다 곱절씩 내리고
우리 월급 값도 해마다 반값으로 깎이어
너절하게 아니꼽게 허기지게만 사는 것도 괜찮다.

사랑
언약
교통
그런 것들의 효과마저도 해마다 반값으로 줄이어
내가 너와 거래하는 일마저도
모두 다 오다가다 중간쯤에서 그만두어 버리는 것도
또한 괜찮다.

중간도 어렵거든
4분지 1쯤에서
8분지 1쯤에서
작파해 버리는 것도 물론 괜찮다.

어차피 맴돌다 날아오르는 회오리바람.

가벼이 땅 디디어 몸부림치다 날아오르는 회오리바람.
회오리바람의 걸음이라면
일어선 자리가 바로 저승인들 어떤가?

그렇지만
어찌할꼬?
어찌할꼬?
너와 내가 까놓은
저 어린것들은 어찌할꼬?

아직 서지도 걷지도 모국어도 바로 모르는
저 깡그리 까놓은
저 애송이것들은 어찌할꼬?

스무 살부터 일흔 여든까지의
우리 성인의 한 대代쯤이야 공꺼라도 무엇이라도 괜찮다.
그렇지만
너하고 내가 깐 저 어린것들
우리보다도 더 공껏이 되면 어찌할꼬?

바닷물은 반참 때

— 1969년 새해의 시

조금인가 했더니
바닷물은
반참 때

쑥뿐인가 했더니
미나리도
새 움 나고

올 설날
공기 속엔
오랜만에 고조모님

곰이었다가
마늘 먹고
하느님 며느리 되었다는
단군님의 어머님도 납시었어라.

파장은
그끄저께

내일모렌 새 장날

영남의 메주도
호남의 장구도
강원도 쟁깃날도
모두 새로 나오리.

단군님의 할아버님
하느님께서도
관음보살께서도

우리 새 장 보시려고
발걸음 옮기시는 것
또 새로 보이나니……
또 새로 들리나니……

찬가
— 겨울 한라산에 부쳐, 한국일보 창간 14돌

빛을 모아,
해와 달과 별의 염통과 눈의 빛을 모아,

그대
사랑의 마디마디의 금강석
구름 위에
영원을 비춰고,

바람비와 번개와 벼락
그대의 정수리를
수없이 몰아쳐도,
지혜의 맑은 호수
거기 걸러 담을 뿐,

물결을 보내,
어버이의 당부같이
끊임없는 사랑의 물결을 보내,
뭇 뭍의 발부리를
어루만지고 타이르고

타이르고 어루만지고만 있느니.

그대 어깨 위에
소금발처럼 쓰리게 배어 나는
하이연 하이연 눈서리의 흔적이여.
말하지 않는 인고의 거룩한 장식이여.
우리 다만 머리 숙여
그대 찬양할 말을 차마 찾지 못하여라.

이 신문에서는
— 전북일보 창간 16주에 부쳐

이 신문에서는
소나무보다는 더 좀 좋은
오갈피 향나무 같은 무슨 냄새가 나라.
단군 어머니 곰 같은 무슨 냄새도 나고,
그러고는
신시神市의 아침의 음성이 들려라.
이 신문에는
제일 밝은 금강석의 시력,
한밤중에 잃은 바늘도 찾아내는 시력,
춘향이네의 심청이네의 무슨 감기 처방도
두루 다 골고루 잘하는 시력,
그러고는
어느 밤에도
늘 동포들의 진 데 밟을 것을 염려해 섰는
저 정읍사의 여인의 인정이 있거라.
새벽은
늘 노고지리 앞장서고,
서리 오는 밤 소식은
기러기 되어 지붕마다 뿌리라.

전북일보 네게는
늘 서른석 새[새] 순 무명베의 올바른 경위經緯,
전주 창호지같이 잘 울리는 신경,
이몽룡의 장갓날의 미나리 나물맛 같은
전라도 풍류도 진짜 있어라.

영령들이여

— 제10회 현충일에 부친다

여느 색채는
프리즘을 타고
태양까지만 오고 가지만
영령들이여 영령들이여,
그대들의 핏빛은
그 센 사랑으로
프리즘보다도
훨씬 더 멀리멀리 가고 오시리.

마음이여 마음이여,
조국과 세계의 영원한 자유와 평화를 지켜
어느 사랑의 우주선보다도 더 빨리
더 빨리
우리 역사의 혈맥을 돌고 있는 마음이여.

맑은 날
잘 들리는
어느 시내전화보다도
훨씬 더 우리에게 잘 들리는 마음이여!

형체 있는 우리가

형체 없어 순수해지신 그대들 뒤에 남아,

그 힘 그 사랑 그 성실에 몸 매어 엎으러져 곡하나니.

엎으러져 곡하나니.

범산 선생 추도시

당신과 동행을 하기라면
어느 가시덤불 돌무더기
영원을 가자 해도
피곤하지 않아서 좋습니다.

참으로 좋으신 웃음.
항시 샘솟아나는 참으로 좋으신 웃음.
무슨 연꽃과 연꽃 사이
웃는 바람 마을의 고향에서 오시는지
그 웃음이 우리의 노독을 잊게 합니다.

당신이 고단하시다거나
아프시다거나
별세하신 사실을
우리는 모릅니다.
그 웃음에 가려
딴것은 우리 눈에 보이지 않습니다.

당신은 지금도 당신의 영원을 우리와

동행하시면서

쩡쩡한 우리를 그 웃음으로 위로하시고

가는 길을 편하게 하시고

햇빛을 다정하게 되살려 내고 계실 뿐입니다.

* 편집자주 ― 범산梵山은 승려이자 독립운동가인 김법린(1899~1964)의 호.

4·19혁명에 순국한
　소년 시인 고 안종길 군의 영전에

거울은 흐리도다.
금강석의 부신 빛도
오히려 어스름이로다.

억만 년 쌓여 자던 하늘의 귀신들을 일깨우며
거기 새로 터 잡아 앉는 이 영위에 비해서는……

산 삼천만의 피는 불순이로다.
그저 이 아프게 매운 피 그리워서 울 뿐.

영위여, 영위여, 이 겨레의 넋의 하늘에
성소년聖少年의 새 맥줄 놓는 성영위聖靈位여!

내 그대의 입에 물린 시의 피리의 가락을 아노라고

어찌 감히 마주 바래 서리요……

허리 꺾어 그 어린 신바닥 밑 눈물 뮈어 적실 뿐……

후기—4·19혁명에 16세로 순국한 고 안종길 군은 이번 혁명에 참가한 유일한 시인으로 순국 당시 경복고교 2년에 재학중이었다. 그 뒤 가족 측에서 그의 유고 시선『봄·밤·별』을 발간했을 때 필자는 그가 생전 내 문하에 드나들었던 인연으로 그 편집에 관여했었다.

찬성

—신년시, 1963년 1월 1일

토끼여, 찬성이로다.
용궁 낙성연의
너비아니 얻어먹을 생각,
삼팔 마고자도
한 벌 얻어 입을 생각,
토끼여 찬성이로다.

토끼여.
이러한 그대의 구차한 생각,
그대의 그런 아방뛰이르
두루 찬성이로다.

그리고 토끼여.
만 길 운명의 바다 위에 드러난 사실,
떨리는 네 간장,
네 거짓말도 찬성이로다.

그리고 토끼여.
맞속이어 돌아오는 거북이 등 위의

아찔한 아찔한 스릴의 바람,

되돌아와 밟아 보는 고토故土,

다시 역시 먹게 된 도토리 도토리,

그것도 찬성이로다.

말에게 부쳐
— 병오丙午 신년시

말아!
절벽이 막아
바다가 막아
더 달리지 못하고
카랑하고 글썽한 눈으로
멈춰만 섰는 말아!

인제는 믿어도 좋으냐?
너도 나를 닮아
신시神市가 고향인 말아!
닫힌 하늘의 포장을 뚫고
인제는 더 달려갈 것을 믿어도 좋으냐?

빼 두었던 어깨의 뼈를
내 다시 두 어깨에 꽂으리니,
말아,
천년 모두었던 네 힘을 네 발에 내
백두산으로
압록강으로

또 옛 우리의 영토 블라디보스독으로
흑수, 말갈로
치달려 갈 것을 믿어도 좋으냐?

말아
안나 까레니나의 애인의 말같이
우리 사랑의 맨 앞을 서면서도
안나 까레니나의 애인의 말같이
너는 달리다가 거꾸러지지는 않을 터이지?

말아!
베트남으로
중공으로
흑수, 말갈로
블라디보스독으로
우리 의분과 사랑의 칼을 날려
달려갈 것을 믿어도 좋으냐? 믿어도 좋으냐?

다시 비정의 산하에

—1966년 8월 15일

1945년 8월 15일
일본인의 종노릇에서 풀리어나던 때
흘린 눈물 질척거리던 예순 살짜리들은
인제는 거의 다 귀신 되어
어느 골목에서도 보이지 않고,
그날 미소 양군 환영美蘇兩軍歡迎의 플래카드를 들고
서울역으로 몰려가던 이, 삼, 사십 대
인제는 거의 늙어
낡은 파나마를 머리에 얹고
파고다 공원에서 환갑을 맞이하고,

그날 어머니의 젖부리에 매어달려
해방이 무엇인 줄도 모르던 애기들
인제는 자라서
무직無職과 플래카드와 파고다 공원과 귀신 노릇을 배우고

탈색과 표백은 아직도 덜 되었는가?
백의동포여.

43

평양 같은 언저리,
납치되어 산 채로 빨랫줄에 말리어지는
기화氣化하는 수만 미이라의 소리 들린다.
이 표백과 탈색은 언제쯤 끝나는가?

새로 나갈 길은
하늘에서도 땅에서도
베트남뿐이다.
베트남뿐이다.

8·15의 은어隱語

스물세 해 전 오늘
미소 양군이 서울역에 내린다고
우리는 흥분해서 환영을 나갔었지.
나는 마포 잠방이 바람으로 미군을 맞으러
옆집 막동이는 나무 샌들 끌고 로스께를 맞으러……
그렇지만 미소 양군은 이날은 없고
한 달쯤 뒤에 서울과 평양으로 나누어서 나타났지.
웃기네.

미소 양군이 우리나랄 신탁통치해 달라고
몽양 여운형이는 대학생을 꼬여 데모를 하고
이 박사와 우리들은 결사반대한다고
사방에서 주먹을 쓰고 싸웠지.
여러 군데 유리창을 마구 잘 깨뜨려 놓았지.
웃기네.

1948년 8월 15일
대한민국 정부 수립 기념일에는
키 큰 맥아더 원수의 가슴패기에 안겨서

이승만 박사가 잘 봐 달라고 했었지.
"아무렴, 그렇고말고……"

그렇지만 6·25사변이 났을 땐
맥아더는 좀 늦게 와서
우리 쓸 만한 인사들은 반나마 평양으로 납치돼 가 버렸지.
처자들은 서울에 두고 함흥차사 되어 가서
빨랫줄에 빨래처럼 매어달려 표백하다가
반쯤은 죽고
반쯤은 죽을 날만 기다리고 있는가?
웃기네.

웃기네.
6·25사변과 1·4후퇴의
긴 4년의 피난살이도 피난살이였지만
1960년에 이 박사가 올빼미표 선거를 하게 두고
중고등학생들을 광화문 네거리에서 총으로 쏘게 한 건
웃기네.

이 민족 제일 원로 이렇게 되신 것
사람 웃기네.

월남에 간 우리 병정들은
그곳 아가씨들이 작별 인사를 물으면
"웃기네"라고 해
헤어질 땐 이 "웃기네"를 안녕히 대신으로 쓴다나.

안녕히,
안녕히,
해방 23년이여
웃기네. 안녕히……

근작 시편

— 시집 『동천』 이후

사경四更

이 고요에
묻은
나의 손때를

누군가
소리 없이
씻어 헤우고

그 씻긴 자리
새로
벙그는

새벽
지샐 녘
난초 한 송이.

방한암方漢岩 선사

난리 나 중들도 다 도망간 뒤에
노스님 홀로 남아 절마루에 기대앉다.

유월에서 시월이 왔을 때까지
뱃속을 비우고
마음 비우고
마음을 비워선 강남으로 흘려보내고
죽은 채로 살아
비인 옹기 항아리같이 반듯이 앉다.

먼동이 트는 새벽을 담고
비인 옹기 항아리처럼 앉아 있는 걸
수복해 온 병정들이 아침에 다시 보다.

단상斷想

구름은 동으로,
물은 서으로,
여러 새 우는 여러 산 옆을
고삐에 풍경을 단 소처럼 지내와서
나는 발아래 못물을 본다,
발아래 고인 못물을 본다.

모란 그늘의 돌

저녁 술참
모란 그늘
돗자리에 선잠 깨니
바다에 밀물
어느새 턱 아래 밀려와서
가고 말자고
그 떫은 꼬투리를 흔들고,
내가 들다가
놓아둔 돌
들다가 무거워 놓아둔 돌
마저 들어 올리고
가겠다고
나는 머리를 가로젓고 있나니……

백일홍 필 무렵

주춧돌이 하나 녹아서
환장한 구름이 되어서
동구 밖으로 걸어 나가고 있었지.
칠월이어서 보름 나마 굶어서
백일홍이 피어서
밥상 받은 아이같이 너무 좋아서
비석 옆에 잠시 서서 웃고 있었지.
다듬잇돌도
또 하나 녹아서
동구로 떠나오는 구름이 되어서……

서경敍景

달이 좋으니 나와 보라고 하여
아내한테 이끌리어 나가서 보니
두 마리에 동전 한 닢짜리 새의 무리들
두 다리 잘린 채 저리도 잘 날으는
연습은 언제부터 그리 잘된 것인가,
인제는 이조 백자의 무늬의 새보단도
더 유창히 달의 한켠을 썩 잘 날으고,
달의 다른 한켠엔
모진 비바람에 쓰러져 누운
크낙한 느티의 고목나무 한 그루.
또 사실은 나도 아내도 다리 없는 새로서
인제 보니 그 달의 둘레를
아조 멋들어지겐 썩 잘 날으고 있었다.

역사여 한국 역사여

역사여 역사여 한국 역사여
흙 속에 파묻힌 이조 백자 빛깔의
새벽 두 시 흙 속의 이조 백자 빛깔의
역사여 역사여 한국 역사여.

새벽 비가 개이어 아침 해가 뜨거든
가야금 소리로 걸어 나와서
춘향이 걸음으로 걸어 나와서
전라도 석류꽃이라도 한번 돼 봐라.

시집을 가든지, 안상객安上客을 가든지
해 뜨건 꽃가마나 한번 타 봐라.
내 이제는 차라리 네 혼행 뒤를 따르는
한 마리 나무 기러기나 되려 하노니.

역사여 역사여 한국 역사여
외씨버선 신고
다홍치마 입고 나와서
울타릿가 석류꽃이라도 한번 돼 봐라.

이런 나라를 아시나요

밤 삼경보다도
산속
중의 참선보다도
조용한 꿈보다도
더 쓸쓸하고 고요한 사람만이 사는
나라를 아시나요?

말은 오히려 접어서 놓아둔
머언 나들이옷으로
옷걸이 속 횃대에 걸어만 놓고 지내는
그런 사람만이 사는 나라를 아시나요?

육체가 세계에서 제일로 싼 나라.
한 딸라면 양귀비 두엇을 사고도 남는 나라.
그렇지만 마음만은
절대로 팔지 않는 나라.
전당쯤은 잡혀도
절대로 아주 팔지는 않는 나라.
이천 년 합방에도 그건 그랬던 나라.

이 전당 찾아서 고향 가는 것도
또 기다리자 약속하기라면
냉수와
쌀과
김치만으로
또 일만 년은 누구나 기다릴 수 있는 나라.

그러기에
해도 여기에 와서는
미안한 연인마냥
그 두 눈을 살짝 외면하는 것이
보이는
그런 나라를 아시나요?

한라산 산신녀 인상

잉잉거리는 불고추로
망가진 쑥이파리로
또 소금덩이로
서귀포 바닷가에 표착해 있노라니
한라산정의 산신녀
두레박으로 나를 떠서 길어 올려
시르미 난초밭에 뉘어 놓고 간지럼을 먹이고
오줌 누어 목욕시키고
탐라 계곡 쪽으로 다시 던져 팽개쳐 버리다.
그네 나이는 구백억 세,
그 자디잔 구백억 개 산도화 빛 이쁜 주름살 속에
나는 흡수되어 딩굴어 내려가다.
너무 어두워서 옷은 다 벗어 찢어 횃불 붙여 들고
기다가 보니 새벽 세 시
관음사 법당 마루에 가까스로 와 눕다.
누가 언제 무슨 핀세트로
구백억 개 그네의 그 산도화 빛 주름살 속에서
나를 되루 집어내 놓았는지

나는 겨우 꺼내여진 듯 안 꺼내여진 듯

이해 한 달 열흘을 꼽박 누워 시름시름 앓다.

우리 데이트는
— 선덕여왕의 말씀 2

햇볕 아늑하고
영원도 잘 보이는 날
우리 데이트는 인젠 이렇게 해야지.—

내가 어느 절간에 가 불공을 하면
그대는 그 어디 돌탑에 기대어
한 낮잠 잘 주무시고,

그대 좋은 낮잠의 상賞으로
나는 내 금팔찌나 한 짝
그대 자는 가슴 위에 벗어서 얹어 놓고,

그리곤 그대 깨어나거던
시원한 바다나 하나
우리 둘 사이에 두어야지.

— 우리 데이트는 인젠 이렇게 하지.
햇볕 아늑하고
영원도 잘 보이는 날.

무궁화 같은 내 아이야

손금 보니
너나 내나 서릿발에 기러깃길
갈 길 멀었다만
창피하게 춥다 하랴.
아이야.
춥거든
아버지 옥양목 두루마기 겨드랑 밑
들어도 서고
이 천역살 다 풀릴 날까지
밤길이건 낮길이건 걸어가 보자.
보아라,
얼어붙는 겨울날에도
바다는 뭍을 뚫고 들어와서
손바닥의 잔금같이
이 나그네의 다리 밑까지 밀려도 드는구나.
아이야.
꿈에서 만났거든
깨어 헤어도 지면서,
꿈에서 헤어졌건

생시에 다시 만나기도 하면서,

아이야.

하늘과 땅이 너를 골라

영원에서 제일 질긴 놈이 되라고 내세운 내 아이야.

무궁화 같은 내 아이야.

너를 믿는다.

끝까지 떨어지지 말고 걸어가 보자.

내 아내

나 바람나지 말라고
아내가 새벽마다 장독대에 떠 놓은
삼천 사발의 냉숫물.

내 남루와 피리 옆에서
삼천 사발의 냉수 냄새로
항시 숨 쉬는 그 숨결 소리.

그녀 먼저 숨을 거둬 떠날 때에는
그 숨결 달래서 내 피리에 담고,

내 먼저 하늘로 올라가는 날이면
내 숨은 그녀 빈 사발에 담을까.

뻐꾸기는 섬을 만들고

뻐꾸기는
강을 만들고
나루터를 만들고

우리와 제일 가까운 것들은
나룻배에 태워서 저켠으로 보낸다.

뻐꾸기는
섬을 만들고
이쁜 것들은
무엇이든 모두 섬을 만들고

그 섬에단, 그렇지
백일홍 꽃나무나 하나 심어서
먹기와의 빈 절간을……

그러고는 그 섬들을 모조리
바닷속으로 가라앉힌다.

만 길 바닷속으로 가라앉히곤
다시 끌어올려 백일홍이나 한번 피우고
또다시 바닷속으로 가라앉힌다.

춘궁

보름을 굶은 아이가
산 한 개로 낯을 가리고
바위에 앉아서
너무 높은 나무의 꽃을
밥상을 받은 듯 보고 웃으면

보름을 더 굶은 아이는
산 두 개로 낯을 가리고
그 소식을
구름 끝 바람에서
겸상한 양 듣고 웃고

또 보름을 더 굶은 아이는
산 세 개로 낯을 가리고
그 소식의 소식을 알아들었는가
인제는 다 먹고 난 아이처럼
부시시 일어서 가며 피식히 웃는다.

꽃

꽃아.
저 거지 고아들이
달달달 떨다 간
원혼을 헤치고
그보단도 더 으시시한
그 사이의 거간꾼
왕초며
건달이며
꼭두각시들의 원혼의 넝마들을 헤치고
새로 생긴 애기의
누더기 강보 옆에
첫국밥 미역국 내음새 속에
피어나는
꽃아.
쏟아져 내리는
기총소사 때의
탄환들같이
벽도
인육도

뼈다귀도
가리지 않고 꿰뚫어 내리는
꽃아.
꽃아.

음력 설의 영상影像

형이 접은
닥종이의
접시꽃은
육칠월의 꼭두서니
미리 당겨 묻히어
고깔 우에 벙글고,

누님이 쑨
식혜 국의
엿기름 냄새 속엔
벌써 숨어 우지지는
사월,
청보리밭
치솟우는 종달새.

아저씨는
어깨 우에
아무 애나 하나
올려 세워

마후래기 춤 추이고,

내려놓곤
패랭이 끝 열두 발 상무
하늘 끝 대어
열두어 번
내두르고,

나는·동산 너머
내 새 연을 날리고
황동이는 황동이의 새 연을 날린다.
우리 연이 엇갈리어
어느 편이 나가거나
나가면 "나간다!" 소리치며
먼 하늘 따라가고……

나룻목의 설날

바다는
얼지도 늙지도 않는
울 너머 누님 손처럼
오늘도 또 뻗쳐 들어와서

동지 보리 자라는
포구 나룻목.

두 달 뒤의 종달새
석 달 뒤의 진달래 불러
보조 석공 아이는
돌막을 빻고

배 팔아 도야지를 기르던 사공
나그네의 성화에 또 불려 나와
쇠코잠방이로
설날 나그네를 업어 건넨다.

십 원이 있느냐고
인제는 더 묻지도 않고
나그네 배때기에
등줄기 뜨시하여
이 시린 물 또 한번 업어 건넨다.

보릿고개

사월 초파일 버꾹새 새로 울어
물든 청보리
깎인 수정같이 마른 네 몸에
오슬한 비취의 그리메를 드리우더니

어디 만큼 갔느냐, 굶주리어 간 아이.
오월 단오는
네 발바닥 빛갈로 보리는 익어
우리 가슴마닥 그 까슬한 까스라길 부비는데······

버꾹새 소리도 고추장 다 되어
창자에 배이는데······
문드러진 손톱 발톱 끝까지
얼얼히 배이는데······

* 편집자주―이 시는 첫 발표지인 『서라벌 문학』(5집, 1969) 표기를 따랐다(뻐꾹새
→ 버꾹새, 어느 → 어디, 빛깔 → 빛갈, 가슴마다 → 가슴마닥, 가스라기를 → 까스라
길, 배는데 → 배이는데).

백월산찬白月山讚

누깔 좋은 독사 서른여나무 마리 몰려와서
입학하겠다 해서 강의해서 가르쳐서
누깔 좋은 산봉우리 서른여나무 개 망그라 놓고,
해가 지고 달이 떠서
이뿐 여자가 찾아와서
단둘이서 순 누드로
목욕을 하고 있었지.
사타구니에 달린 것쯤은 전연 잊어버리고
단둘이서 낄낄거리고 목욕을 하고 있었지.
황해 너머
중국 황제의 연못 물속에까지도
이 밤 우리 산 모양은 썩 잘 가서 비치였었지.
아무렴, 짚세기 벗어 논 것까지
아조 썩 잘 가서 비치였었지.

* 편집자주―이 시는 시작 노트에서 몇 가지 시어를 반영했다(눈깔 → 누깔, 여남은 → 여나무, 망그러 → 망그라, 이쁜 → 이뿐).

내 데이트 시간

내 데이트 시간은
인제는 순수히 부는 바람에
동으로 서으로 굽어 나부끼는
가랑나무의 가랑잎이로다.

그대 집으로 가는 길
도중에 섰는 갈대
그 갈대 위의 구름하고도
깨끗이 하직해 버린 내 데이트 시간은

이승과 저승 사이
그 갈대의 기념으로
내가 세운 절간의 법당에서도
아조 몽땅 떠나와 버린 내 데이트 시간은

인제는 그저 부는 바람 쪽
푸르른 배때기를
드러내고 나부끼는
먼 산 가랑나무 잎사귀로다.

할머니의 인상

할머니는 단군 적 박달나무 신발을 신고
두루미 우는 손톱들을 가졌었나니……
쑥 같고 마늘 같고 수숫대 같은
숨 쉬는 걸 조금 때 가르쳐 준 할머니는……

남해 보타낙가 산정

앗흐 클라이막스!
어느 양키 색시가 소리를 질러 보니
거기 우리보단 한 걸음 앞서 오른
정상의 한 쌍 젊은 뱀
허리 얽힌 채 화석 되어 있었다.

소연가小戀歌

머리에 석남꽃을 꽂고
내가 죽으면
머리에 석남꽃을 꽂고
너도 죽어서……
너 죽는 바람에
내가 깨어나면
내 깨는 바람에
너도 깨어나서……
한 서른 해만 더 살아 볼꺼나.
죽어서도 살아나서
머리에 석남꽃을 꽂고
한 서른 해만 더 살아 볼꺼나.

애기의 웃음

애기는 방에 든 햇살을 보고
낄낄낄 꽃웃음 혼자 웃는다.
햇살엔 애기만 혼자서 아는
우스운 얘기가 들어 있는가.

애기는 기어가는 개미를 보고
또 한번 낄낄낄 웃음을 편다.
개미네 허리에도 애기만 아는
배꼽 웃길 얘기가 들어 있는가.

애기는 어둔 밤 이불 속에서
자면서도 낄낄낄 혼자 웃는다.
잠에도 꿈에도 애기만 아는
우스운 하늘 얘긴 꽃펴 있는가.

기억

그 애는 육날 메투릴 신고
손톱에는 모싯물이 들어 있었지.
고구려 때 모싯물이 들어 있었지.
그 애 손톱의 반달 속으로
저녁때 잦아들던 뻐꾹새 소리
나와 둘이 숨 모아 받아들이고,
그 애 손톱의 반달 속에서
다시 뻗쳐 나가는 뻐꾹새 소리
나와 둘이 숨 모아 뻗쳐 보내던
그 계집아이는…….

이조 백자를 보며

이조 백자의 밥그릇을 보고 있다가
마당귀의 빨랫줄에 널어 둔 빨래—
내 바지저고리의 하이얀 빨래를
인제는 영원히, 걷어들이지 말까 한다.

6·25사변 때 북으로 납치되어 간
내 형같이 생겨 먹은 빨래—
다시 못 올 형같이 매여 달린 빨래를
인제는 그대로 놓아두어 버릴까 한다.

겨울 황해

— 어느 어부의 말씀

점잖으신 세종대왕님.
한국은행권 100원짜리 속에 앉으시어
이 겨울을 우리에게
25센트의 값으로
수염 점잖으신 세종대왕님.

오늘은
하늘에도 산에도 들녘에도
또 강의 얼음 구먹 속에도
당신의 그 좋으신 수염 보이지 않고,
오직 황해 진펄밭 속의 맛살
바지락 같은 데만 들었다 하여
진종일 알발 벗고 성에 디디고 다니며
당신 한 장 값의
그걸 캐어 이고 나오나니
영원으로처럼 캐어 이고 나오나니.

"우리나라 말씀은
중국과도 달라서……"

내 머리 우에 인
바구니의 조개들 속에
아직도 점잖게 살아 계시어
점잖게 말씀하시는 세종대왕님.
맞습니다.
대왕님 말씀이 맞고말굽쇼.

나루터의 남편은
나룻배를 팔고
인제는 할 수 없이 등으로 업어서 손님들을 건네지만,
업힌 손님들의 살 기운으로
잠시 그때 등때기나 뜨시할는지,
밤 군불 지필 값도 차마 안 되고,

쌀 야달 홉 값의 모양으로 둔갑하면서
하느님의
손자님인
단군님의
소금 자신 말씀으로 노래 부르는

바지락 조개의, 맛살 조개의
살 속에 들어앉으신
세종대왕님.

고춧가루보단도
얼지도 않는 바다보단도
더 매웁고 더 짠
"우리나라 말씀은
중국과도 달라서……"
하신 말씀,
하늘에서도
땅에서도
간 반만년, 올 반만년
딱 들어맞습니다.

석공 1

자식에게 석공 노릇을 가르칠 때
용龍, 봉鳳이나 보살 아니면
좋은 꽃구름이라도
한 송이 새겨 놓고 밤 맞이하는 걸 가르칠걸
내 워낙 머슴살이에 바빠 그걸 못 하여서
자식은 날마닥 제 뼉다귀 울리며 돌만 쪼면서도
맨숭맨숭
네 모로
여섯 모로
맨 모만 새겨 놓고는
여기서 해방될 때는 그 갑갑증으로
불쬐주 집으로 들어가서
누구의 멱살을 잡고
유리창을 깨고
파출소로 들어가는 게 뵈인다.
내가 서 있는 지게 진 머슴살이의 저승길에서도
환하게
파출소로 또 들어가는 게 뵈인다.

무제無題

네 두 발의 고무신이 눌러 밟고 간
모래알 모래알 모래알마닥
먼 산 뻐꾸기 울음소리
스며 배이어 햇볕에 울리나니.

어느 들 패랭이에 이걸 옮겨서
어느 바위눈에 이걸 맞춰서
어느 솔그늘에 이걸 달래여서

고요한 눈웃음으로 다시 하리요.
흐르는 풍류로 다시 하리요.

첫 벌 울음소리 바윗가에 들려서

사월 첫 벌 울음소리 바윗가에 들려서

찾아 따라가다가 도장나무 꽃을 본다.

못생긴 도장꽃에도 향기가 있나 싶어

벌이 앉다 날아간 한 꽃 우에 코를 댄다.

그래서 나는 난생처음 알아낸다. ─

도장나무 꽃향기는 난초의 좋은 친구,

난초꽃 향기보단도 못하지 않은 것을……

그러곤 이 덕으로 겨우 생각해 낸다.

월급 받어 술 마셨다 나를 핀잔한다고

못생긴 박아지라 내가 되우 탓했던 ─

제 방에 가 돌아누운 아내의 눈빛을……

박꽃빛 못하진 않은 아내의 눈빛을……

* 편집자주─이 시는 『예술원보』(15호, 1971)에 「발견」이란 제목으로 발표되었다. 시작 노트에 9행을 새로 추가하고 여러 곳을 수정해놓아 이를 반영했다(찾아낸다 → 알아낸다, 드러누운 → 돌아누운, 눈을 → 눈빛을, 바가지꽃 → 박꽃빛).

어느 신라승이 말하기를

세상이 시끄러워 절간으로 들어갔더니
절간에선 또 나더러 강의를 하라고 한다.

절간도 시끄러워 깊은 굴로 들어갔더니
주린 범이 찾아와 앉아 먹어 보자고 한다.

그래 시방 내게 있는 건
아주 고요하려는 소원과,
내가 흔들리는 날은 당할 호식虎食과,
부르르르 부르르르 잔 소름으로 가라앉아 들어가는
자맥질하는 잠수부의 불어 오르는 고요의 심도뿐이다.

그러고
호랑이는 언젠가 나를 먹기는 먹겠지만
그것은 내가 송장으로 드러누운 뒤일 것이다.
그나마 내 굳은 해골 안에 달라붙은
말라붙은 붉은 고약 같은 내 침묵의 혓바닥까진
이빨을 차마 대지도 못할 것이다.

초파일 해프닝

초파일날은 마지막으로
전쟁 파쇠라도 줏어 팔아
한 오십 원 만들어서
카네숀이라도 찐한 걸로 한 송이 사서
그 속으로 아조 몽땅 꺼져들어 버려라.
히피의 꽃 해프닝이라도 한바탕 해 버려라.
에이 빌어먹을 것!
하늘 땅과 영원의 주인 후보 푼수로
치사하겐 막싸구려 사람 노릇키가
인제 더는 챙피해서 못 참겠구나!

추운 겨울에 흰 무명 손수건으로 하는 기술奇術

이 흰 손수건 속에는
보시는 바와 같이 아무껏도 없습니다.
(탈, 탈, 타알 털어 보인다.)

그렇지만 나옵니다.
감쪽같이 나옵니다.
자, 어떱쇼, 미도파의 여점원
이 사람이 이 손수건을 나한테다 팔았습죠.
(여점원 나와서 손님한테 쌩긋 웃어 보이게 한다.)

(또 한번 손수건을 탈, 탈, 타알 털고)
또 나옵니다.
자― 이번에는
시골서 갓 올라온 색시로 한 개.
고무신에 버선 신고
밀양에서 올라왔네.
무교동 왕대폿집
벌이 좋아 올라왔네.
(이 색시는 끌어다가 뒤에다가 세운다.)

자― 그런데, 여러분, 여러분, 여러분.
이 밀양 색시가
이 손수건더러
오랜만에 참 너무나 반가와 웃긴다네.
즈이 시골 성네 밭에서
따다가 판 목화로 만든 거라네.
밀양 아리랑을 저도 다 먹여서 키운 거라고……

아이 추워
제기 이거야 믿을 수 있나,
어디 밀양 아리랑이나 싫지 않건 또 한번
먹여 보아라.
(날 쫌 보소, 날 쫌 보소, 동지섣달 꽃 본 듯이 날이 날 쫌 보소,
이 색시 밀양 아리랑을 부른다.)

(또 한번 손수건을 탈, 탈, 타알……)
자― 그럼 이번에는 할 수 없이 밀양 목화꽃으로 한 송이.
육자배기도 큰애기 손때도

아주 썩 잘 먹은 목화꽃으로 한 송이.

아이 추워.

그런데 이 겨울에 진짜가 피나,

가짜라도 근사하게 만들어야지.

아이 추워.

(목화 조화造花가 하나 또 손수건에서 불거져 나오시어
왕대폿집 색시의 빈손에 가 쥐어진다.)

(손수건을 또 한번 탈, 탈, 탈, 타알……)

자—

이번엔 마지막으로 어디 한번 크게 놀아 봅시다.

마지막으론 할 수 없지,

할 수 없이 금부처님.

(부처님 요술 상 위에 싸악 버티고 앉히운다.)

부처님, 부처님, 본 대로 말하소.

저 색시가 오백 원 팁 한 장 때문에

입에 침 바르고 거짓부렁하는 건 아니지?

한 장 먹여 줄까? 말까? 줄까?

"정말이다.
한 장
먹여 주어라."
부처님도 제법 호박씰 깐다.

내가 심은 개나리

"참한 오막살이집 모양으로 아주 잘 가꾸었습죠. 이걸 기른 할아버지는 돌아가시고 할머니만 남아 있는데, 혼자 보기는 어렵다고 자꾸 캐 가라고만 해서 가져온 나무닙쇼."

내가 올 이른 봄에 새로 사서 심은 개나리 꽃나무를 꽃장수는 내게 팔며 이렇게 말했다.

그래, 나는 이 개나리 꽃나무에서 또다시 이승과 저승의 두 가지를 나란히 갖는다. 혼자서도 인제는 똑바로 보고 있는 할아버지의 저승과, 똑바로는 아무래도 볼 수가 없어 얼굴을 모로 돌리고 있는 할머니의 이승을……

무제

"솔꽃이 피었다"고
천 리 밖 어느 친구가 전화로 말한다.
"이 솔꽃 향기를 생각해 보라"고……
"그 솔꽃 향기를 생각하고 있다"고
나도 한 천 년 뒤를 향해서 속으로 말해 본다.
"이 솔꽃 향기가 짐작되느냐"고……

남은 돌

남은 돌을 보는 것은
남은 아이고

남은 아일 보는 것은
남은 하느님

안주 구이도 샌드위치맨도 두루 만원이어서
외따로 비껴 노는 남은 하느님.

얼쩌엉 얼쩌엉 남 바둑 두는 거나 기웃거리고 다니는
남은 하느님.

바위옷

일정日政 식민지 조선 반도에 생겨나서,
기생이 되어서, 남의 셋째 첩쯤 되어서,
목매달아서 그 목아지의 노래를 하늘에 담아 버린
20세기의 우리 여자 국창 이화중선.
안개 짙은 겨울날 바위옷 푸르른 걸 보고 있으면
거기 문득 그네의 노랫소리 들린다.
하늘도 하늘도 햇볕도 못 가는
아주 먼 하늘에 가 담겨 오구리고 있다가,
치운 안개를 비집고 다시
우리 반도의 바위옷에 와 울리는
하늘 아래선 제일로 서러웠던 노랫소리를……

싸락눈 내리어 눈썹 때리니

싸락눈 내리어 눈썹 때리니
그 암무당 손때 묻은 징채 보는 것 같군.
그 징과 징채 들고 가던 아홉 살 아이
암무당네 개와 함께 누룽지에 취직했던
눈썹만이 역력하던 그 하인 아이
보는 것 같군. 보는 것 같군.
내가 삼백 원짜리 시간 강사에도 목이 쉬어
인제는 작파할까 망설이고 있는 날에
싸락눈 내리어 눈썹 때리니……

밤에 핀 난초꽃

한 송이 난초꽃이 새로 필 때마다
돌들은 모두 금강석 빛 눈을 뜨고
그 눈들은 다시 날개 돋친
흰 나비 떼가 되어
은하로 은하로 날아오른다.

초원 장제草原長堤 위의 긴 영원을 울던 뻐꾸기 소리들은
그렇다, 할 수 없이 그 고요의
바닷바닥에 가라앉는다.
그대 반지 속의 한 톨 붉은 루비가 되어
가라앉는다.

후기―뜰에 한 주목主木을 중심으로 나무들과 돌들의 모양과 빛과 선을 서로 대조해
　　조화를 노려 배치해 보듯, 밤에 핀 난초꽃을 핵으로 해서 거기 어울리는 영상
　　들을 간소하게 모아 보았다. 그 효과의 어떤 것은 독자가 알 일이다.

* 이 도서의 국립중앙도서관 출판예정도서목록(CIP)은 서지정보유통지원시스템 홈페이지 (http://seoji.nl.go.kr)와 국가자료공동목록시스템(http://www.nl.go.kr/kolisnet)에서 이용하실 수 있습니다. (CIP제어번호: CIP2018027356)

서정주 시집

내 데이트 시간

1판 1쇄 인쇄 2019년 6월 10일
1판 1쇄 발행 2019년 6월 20일

지은이 · 서정주
감수 · 이남호 이경철 윤재웅 전옥란 최현식
펴낸이 · 주연선

총괄이사 · 이진희
책임편집 · 심하은
표지 디자인 · 오진경 강소이 본문 디자인 · 권예진
마케팅 · 장병수 최수현 김다은 이한솔 강원모
관리 · 김두만 유효정 박초희

(주)은행나무

04035 서울특별시 마포구 양화로11길 54
전화 · 02)3143-0651~3 | 팩스 · 02)3143-0654
신고번호 · 제 1997-000168호(1997. 12. 12)
www.ehbook.co.kr
ehbook@ehbook.co.kr

잘못된 책은 바꿔드립니다.

ISBN 979-11-88810-57-4 04810
       979-11-88810-31-4 (세트)